# Carl Fischer

# Menstruation und Ovulation

Antigonos

**Carl Fischer**

# Menstruation und Ovulation

Unveränderter Nachdruck der Originalausgabe von 1879.

1. Auflage 2024  |  ISBN: 978-3-38671-123-4

Antigonos Verlag ist ein Imprint der Outlook Verlagsgesellschaft mbH.

Verlag: Outlook Verlag GmbH, Zeilweg 44, 60439 Frankfurt, Deutschland
Vertretungsberechtigt: E. Roepke, Zeilweg 44, 60439 Frankfurt, Deutschland
Druck: Libri Plureos GmbH, Friedensallee 273, 22763 Hamburg, Deutschland

# Menstruation und Ovulation.

## Inaugural-Dissertation

verfasst und der

hohen medicinischen Facultät

der

### K. JULIUS-MAXIMILIANS-UNIVERSITAET WUERZBURG

zur

### Erlangung der Doctorwürde

in der

### Medicin, Chirurgie und Geburtshülfe

vorgelegt von

### Dr. med. Carl Fischer

pract. Arzt zu Sydney, N. S. W. Australia.

---

## Würzburg.

Becker's Universitäts-Buchdruckerei.

1879.

Referent:

Herr Geheimrath SCANZONI VON LICHTENFELS.

Dedicated

to his esteemed friend

Professor

M. D. L. L. D. C. M. G. M. L. C. etc.

Dean of the faculty of Medicin of the University
Sydney.

Chairman of the Board of Education N. S. W.

etc. etc.

by

the Author.

# MENSTRUATION

### UND

# OVULATION.

Zu den grossen Räthseln des menschlichen Daseins, an zahllosen Individuen der Beobachtung zugänglich, unzählige Male der Forschung unterworfen, und doch nur ganz unvollkommen ergründet — wenn je einer vollständigen Lösung fähig — gehören die Menstruation und Ovulation.

Wir sehen ihren Verlauf, wir können uns erklären, wozu sie da sind, wir wissen, warum sie unter veränderten Bedingungen sich in veränderter Weise präsentiren, aber die letzten Gründe, warum sie so und nicht anders sich abspielen, bleiben uns verschlossen. Die Instincte lieben es eben, sich in ein undurchdringliches Dunkel zu hüllen, und sind die beiden genannten Vorgänge im weiblichen Organismus, deren Beziehungen zu einander das Thema der gegenwärtigen Abhandlung bilden, etwas anderes, als periodisch wiederkehrende Aeusserungen des geheimnissvollen Instinctes der Fortpflanzung?

Die Menstruation characterisirt sich durch eine mehrere Tage andauernde Blutung aus den weiblichen Genitalien, die im zweiten Lebensdecennium des Individuums zum ersten Male auftritt, mit Ausnahme der Gravidität und Lactation alle 3—4 Wochen regelmässig wiederkehrt, mit Zeichen von Congestion zu den Geschlechtstheilen, zuweilen auch mit Symptomen allgemeiner Gefäss- und Nervenaufregung verbunden ist und im 40.—48. Jahre gewöhnlich ihren Abschluss findet.

Bisher nahm man ziemlich allgemein an, dass diese unter dem Namen der Menstruation zusammengefassten Erscheinungen die nächste Beziehung zu der Ovulation, d. h. der Ausstossung der in den Ovarien gereiften Eier habe.

Durch die während der Dauer der Menstruation bestehende Blutüberfüllung dieser Geschlechtsdrüsen sollte es zu einer Transsudation von Flüssigkeit in die die ovula beherbergenden Graaf'schen Follikel, zu einer Schwellung und Berstung derselben und zum Austritt des weiblichen Zeugungsstoffes kommen, der dann durch die Flimmerbewegung der Tuben der Uterushöhle zugeführt werde. Handelte es sich dabei um ein oberflächlich unter dem s. g. Peritonealüberzug des Eierstockes gelegenes Graaf'sches Bläschen, so sollte eine verhältnissmässig geringe Hyperämie seiner Wandung zur Vermehrung der Höhlenflüssigkeit und zur Berstung der Höhlenwand ausreichen, während bei tief in das Parenchym des Eierstockes gebetteten Follikeln ein beträchtlicherer Druck zur Sprengung der viel massigeren Wände von Nöthen sei, unter dessen Einfluss es dann zu bedeutenderer Zerreissung von

Blutgefässen und zu einer viel namhafteren Hämorrhagie in die zerrissenen Gewebe komme. —

Von wesentlicher Bedeutung für die Ovulationstheorie der Menstruation war die Betrachtung der secundären Heilungs-Vorgänge in den geplatzten Follikeln.

Jedoch, ehe wir diese schildern, sei es gestattet, vorher noch des Baues der Wandung des Follikels zu gedenken, um hierauf die Veränderungen folgen zu lassen, welche in dem geborstenen Follikel nach Entleerung seines Inhaltes eintreten.

Die Wandung des reifen Follikels besteht aus zwei Schichten, einer äusseren, festen, fibrösen, der Faserhaut (Tunica fibrosa folliculi), in welcher die herzutretenden Gefässe zu grösseren Verästelungen sich auflösen, — und einer inneren, weichen, gefässreichen, der Tunica propria folliculi, welche das innere Maschennétz der aus ersterer radial eintretenden Capillaren enthält und, einem embryonalen Gewebe ähnlich, sehr reich an verschieden gestalteten und verschieden grossen Zellen ist, die zwischen den Gefässen ihre Lage nehmen. Die Innenfläche dieser Tunica propria trägt eine einfache oder mehrfache Lage kugeliger oder auch polygonaler Zellen, die, epitheliumartig die Höhle des Follikels auskleidend, die Membrana granulosa — und deren verdickter, das Ovulum einschliessender Theil der Discus proligerus darstellt.

Nun können wir das Schicksal verfolgen, welchem der geplatzte Follikel nach Ausstossung seines Inhaltes anheimfällt. Gewöhnlich füllt sich die Höhle des geborstenen und entleerten Follikels mit Blut. Doch bildet das Coagulum desselben nicht den Haupttheil der Ausfüllungsmasse, sondern diese wird vielmehr von einer gelbröthlichen, aus körnigen Zellen und fein körnigem Fett bestehenden Substanz geliefert, welche von der Innenfläche der Follikelwand, oft Granulationen ähnlich, nach der Höhle herein wuchert, deren erste Entstehung sogar schon in die Zeit vor der Berstung des Follikels fällt, so dass ihr Wachsthum selbst eine, jene befördernde vis a tergo abzugeben scheint. Durch ferneres üppiges Wachsthum vermehrt sich diese neu sich bildende Ausfüllungsmasse, die ihrer gelblichen Farbe den Namen des gelben Körpers (Corpus luteum) verdankt, der Art, dass sie die entleerte Höhle des geplatzten Follikels allmählig ganz ausfüllt; daher sie anfänglich noch eine mehr oder weniger ansehnliche Höhle einschliesst, die später jedoch sich mehr und mehr verkleinert, bis sie schliesslich durch Ausfüllung mit der Substanz des rasch wachsenden gelben Körpers ganz schwindet. Durch strahligen Verlauf zahlreicher Gefässe, die aus der Follikelwand eintreten, und durch centripetales Wachsthum von letzterer nach dem Innern der Balghöhle, erhält dieses Gebilde ein strahliges, sternförmiges Gefüge. Wenn nach der Berstung des Follikels Schwangerschaft folgt, entwickelt sich der gelbe Körper stärker und wird grösser, als wenn das ausgetretene Ei unbefruchtet dem Untergang anheimfällt. Daher bezeichnet man in ersterem Falle die gelben

Körper als wahre, im andern dagegen als falsche. Jene wachsen noch bis zur Mitte der Schwangerschaft und verfallen erst von hier an wieder der Rückbildung, haben aber nach der Geburt immerhin noch eine Grösse von 3‴—5‴ und lassen selbst nach Jahren noch · Spuren zurück, während die falschen gelben Körper sehr viel rascher wieder untergehen.

Ueber den Ort, von dem die Neubildung dieser gelblichen Ausfüllungsmasse ihren Ausgang nimmt, ist man noch sehr verschiedener Ansicht. Bald lässt man sie aus einer Metamorphose der Membrana granulosa, bald aus einer Faltung und Wucherung der Tunica propria folliculi hervorgehen, bald versetzt man diese Neubildung zwischen die zwei Häute der Follikelwand oder selbst nach aussen von dieser.

Gehen wir hiernach zur Erörterung des Verhältnisses über, in welchem die Berstung des Eiersackbalges zur Menstruation steht.

Die Lösung des Eies sah man immer als das eigentliche Ziel der Menstruation an, während man der Congestion des Uterus nur eine untergeordnete Bedeutung beilegte, sie als eine die Hyperämie und Congestion der Ovarien begleitende Erscheinung ansehend.

Dass diese Anschauungsweise der menstruellen Vorgänge lange Zeit die herrschende blieb, ist begreiflich, wenn man bedenkt, dass nach Entdeckung des Eies (*v. Baer* 1827) die feineren Vorgänge bei der Ovulation hauptsächlich die Aufmerksamkeit der Forscher auf sich zogen, und dass die so selten vorkommenden Obductionen meist, wie dies ja erklärlich ist, Personen betreffen, die während oder kurz nach der Schwangerschaft zu Grunde gingen, deren Ovarien also in der Mehrzahl der Fälle Corpora lutea vera im frischen Zustande aufwiesen, die eben zu Gunsten der Ovulations-Theorie den Ausschlag gaben. —

So blieb denn die letztere Ansicht die massgebende, wie aus den neueren Lehrbüchern der Physiologie[1]) und Geburtshülfe[2]) ersichtlich ist.

Nun haben aber schon frühere Forscher[3]) geahnt, und einzelne statistische Thatsachen und Sections-Befunde haben immer darauf hingewiesen, dass ein nothwendiger Zusammenhang von Eilösung und Menstruation *nicht* stattfinde.

Schon *Pflüger*[4]) machte darauf aufmerksam, dass nicht immer die Befruchtung mit nachfolgender Schwangerschaft von der Bildung eines Corpus luteum begleitet sein müsse.

Er suchte die Bedeutung der Menstruation vielmehr in einer Art von Inoculation, indem thierische Gewebe nur nach einer Wundmachung verheilen können, wie ja Haut- und Schleimhautoperationen der plastischen Chirurgie dies zur Evidenz darthun. Es ist wohl schwierig, diese Meinung und Vorgänge klar darzustellen.

---

[1]) *Brücke*, Physiologie.
[2]) *Scanzoni* u. A.
[3]) Contribution to assiste the study of ovarien physiologie & pathologie, London 1836.
[4]) Untersuchungen, Bonn Laboratorium, 1856.

Andere Forscher[1]) gingen weiter, indem sie diesen allgemein hingestellten Betrachtungen eine anatomische Basis zu geben bemüht waren. Sie sprechen, an der Ovulations-Theorie festhaltend, von einer Exfoliation des Uterinschleimhaut-Epithels und kamen dadurch dem wirklichen Sachverhalte um ein Merkliches näher. Die neuesten Forschungen nämlich machen es wahrscheinlich, dass die Menstruation nicht allein den Zweck der Ovulation habe, höchstens die Eibildung und Eibereitung sowie namentlich die regressive Metamorphose der geplatzten Follikel die Bildung der Corpora lutea — dadurch stark beeinflusst werden können — sondern dass sie vorwiegend zu der für den Zweck der Befruchtung nothwendigen Losstossung und Neubildung der Uterinschleimhaut in Beziehung stehe.

Die zur Anheftung und Ernährung des befruchteten Eies besonders befähigte neugeschaffene Uterinschleimhaut bildet gewissermassen das Nest, in welchem Wachsthum und Ausbildung des Foetus ungestört vor sich gehen können. Warum die mehrere Wochen alte Schleimhaut zur Anheftung oder Ernährung des befruchteten Eies nicht so tauglich ist, ist schwer zu sagen. Fälle von Schwangerschaft nach jahrelangem Ausbleiben der Menses beweisen indessen, dass auch zuweilen die viele Jahre alte Schleimhaut zur Conception befähigt sein kann. Und so sehen wir alle 3—4 Wochen die Uterinschleimhaut degeneriren, sie

---

[1]) *Wundt*, Lehrbuch der Physiologie 1868.

geht fettig zu Grunde, wird durch den vermehrten Blutdruck exfoliirt, abgestossen und — was die Hauptsache ist — in toto neu gebildet, wie dies *Williams* [1] an der Hand pathologisch-anatomischer Untersuchungen festgestellt hat. Die Menstruation steht also nicht in Beziehung zu dem zu lösenden, sondern zu dem bereits gelösten Ei. *Bischoff* [2] meint, dass, während die Uterinschleimhaut sich abstösst und blutet, der Follikel reift und das Ei in den Eileiter tritt, so. dass, wenn das die Tuba langsam passirende Ei in den Uterus eintritt, die Schleimhaut desselben sich wieder regenerirt hat. Sie hat dafür Sorge zu tragen, dass dem aus dem Graaf'schen Follikel befreiten und unter günstigen Umständen befruchteten Ei ein Entwicklungsboden geschaffen werde, auf dem es seinen weiteren Metamorphosen bis zur vollendeten Ausbildung des Foetus fortan ungestört obliegen könne.

Für die Richtigkeit der geschilderten Vorgänge spricht nun schon der Umstand, dass das Menstrualblut nicht die Beschaffenheit gewöhnlichen arteriellen oder venösen Blutes hat, sondern dass es mit Producten regressiver Metamorphose der Schleimhaut versetzt ist, namentlich mit Fettsäuren *(Virchow)*, wie ja schon der widerlich penetrante Geruch desselben es documentirt.

―――――――

[1] *John Williams* on the structure of the muccus membrane of the Uterus audits periodical changes Abst. Journal Greel Milain 1876, pag. 681.
[2] Wien. med. Woch. 20—24.

Sehen wir zu, welche ferneren Gründe diese unsere Ansicht zu stützen vermögen, respective die ältere entgegengesetzte um ihren Credit zu bringen im Stande sind.

A. Die Ovulation ist unabhängig von der Menstruation.

Man fand frische Follikelrupturen unmittelbar vor dem Eintritt der Menstruation und einige Zeit nach der Menstruation.

Man hat zahlreiche Fälle beobachtet, in denen die Menstruation einen ganz normalen Verlauf genommen hatte, ohne dass ein geplatzter Follikel gefunden wurde. Hierher gehört ein von *Payet*[1]) veröffentlichter Fall. Hierher gehören die Fälle von *Ritchie*[2]) und die von *John Williams*,[3]) in denen eine Ruptur von Follikel stattfand, aber vor dem Eintritt der Menses.

Ferner gibt es constatirte Fälle von Schwangerschaft ohne je vorher vorausgegangene Menstruation. Ja, es gibt Frauen, *(Busch)* die ohne je menstruirt zu haben, schwanger wurden, bei denen die Menses aber auch nach dem Eintritt der Schwangerschaft auftraten.

In einem Falle von *Dubois*[4]) wurde die Umfangszunahme des Unterleibs einer vorher nie menstruirten Frau für die Folge von Bauchwassersucht angesehen,

---

[1]) Filt on Uterine a Ovarien inflammation. London 1862.
[2]) Contribution to the study of ovarien physiologic & pathologic, London 1865.
[3]) On the discharge of ovar. proceedings Royal Society 1865.
[4]) Signs and symptoms of pregnacy 1856.

bis die unzweideutigsten Zeichen von Schwangerschaft zu Tage traten. *Deventer*,[1]) *Baudelocque*[2]) und *Busch*[3]) beschrieben Fälle, in denen die Menstruation nur während der Schwangerschaft vorhanden war, nach erfolgter Geburt ausblieb und sich später in der erneuerten Schwangerschaft wieder einstellte.

Man hat ferner in den Ovarien von Kindern Corpora lutea gefunden, wo also ein Einfluss der Menstruation vollständig ausgeschlossen werden kann. Wenn einzelne Forscher behaupten, dass es fraglich sei, ob es sich dabei um die Ausstossung von gereiften Eiern gehandelt habe, so müssen wir dies nach den Untersuchungen von *Waldeyer*[4]) für sicher annehmen. Wäre dieses aber auch nicht der Fall, so liesse das unzweifelhaft constatirte Factum der Auffindung von gelben Körpern bei Kindern jedenfalls die Beweiskraft dieser Körper für vorausgegangene Eireifung in einem sehr bedenklichen Lichte erscheinen. Zudem existiren zahlreiche Fälle von Schwangerschaft und Geburt seitens 9 und 10 Jahre alter Mädchen.[5])

Ein weiterer Beweis für die Unabhängigkeit der Ovulation von der Menstruation ist zu suchen in der Thatsache, dass Frauen, die ihre Menses Jahre lang verloren hatten, Frauen in hohem Alter noch geschwängert wurden. Hier muss eine Ovulation be-

---

[1]) Novum lumen art. obstrectic. cap. XV.
[2]) Art d'accouchement 1822.
[3]) Archiv für Gynaekologie 1874.
[4]) Eierstock und Ei. 1870.
[5]) *Beigel*, Krankheiten der weiblichen Geschlechtsorgane.

standen haben, die ja bei der Richtigkeit der bestrittenen Hypothese unmöglich wäre.

Ich selbst behandelte einen Fall von einer Frau von Neu-Zealand, welche im 51. Jahre das erste Kind gebar, lange Zeit nach Aufhören der Menstruation.

Für die Unabhängigkeit beider Vorgänge spricht aber auch schon a priori der ganz ausserordentlich grosse Reichthum des Ovariums an Eiern. Bei jungen Mädchen werden dieselben auf die enorme Zahl von Hunderttausenden geschätzt. *(Waldeyer* [1]*).*

Nimmt man nun an, dass bei der vom 12. bis 48. Jahre bestehenden Menstruation etwa 4—500 Eier zur Reife gelangen, so müsste eine unverhältnissmässig grosse Zahl gar nie die Chancen zur Weiterentwicklung erlangen können. Viel natürlicher ist die Annahme, dass von der Zeit der Kindheit an bis in's höhere Alter hinauf, so lange als eben Follikel im Ovarium vorhanden sind, fortan Eier reifen, durch platzende Follikel entleert werden, und theils im Abdomen, theils in den Tuben, theils im Uterus abortiv zu Grunde gehen, wenn eben kein entgegenkommendes Sperma die Betruchtung vollzieht.

Ueberall hat die Natur mit Verschwenderlaune die Zeugungsstoffe ausgestreut; die Keime mancher Pflanzen- und Thierindividuen lässt sie — der Luft, dem Wasser, dem blinden Zufall vertrauend — zu Hunderttausenden unbefruchtet zu Grunde gehen, und die Möglichkeit der Befruchtung des weiblichen Eies,

---

[1] Eierstock und Ei.

also die Erhaltung der Menschengattung sollte sie in die ökonomisch-precäre Wagschale der Menstruation gelegt haben?

Wie viele Eier befruchtet oder unbefruchtet in der Bauchhöhle zu Grunde gehen, entzieht sich einer jeden Schätzung. Ueber die Art und Weise der Aufnahme des Eies von Seiten der Tuben gingen die Ansichten bis in die neueste Zeit weit auseinander. Fast allgemein nahm man früher an, dass die Menstruation mit einer der Erection ähnlichen Turgescenz der Fimbrien verbunden sei, so dass die letzteren den Follikel umfassten und so das Ei aufnehmen. *Rouget*[1] nahm hierbei noch eine Muskelthätigkeit zu Hülfe. *Henle*[2] und *Bischoff*[3] wiesen diese Ansicht zurück, da auch die erigirten Fimbrien das Ovarium nur sehr unvollständig umfassen können, und da nach *Bischoff's* Beobachtungen an Thieren die Turgescenz der inneren Genitalien erst eintritt, wenn das Ei lange im Eileiter sich befindet. Auch die *Kehrer*'sche Erklärung,[4] dass das Ei vermittelst einer Ejaculation in die Abdominalöffnnng der Tube hineingeschleudert werde, konnte nicht genügen, da, wie *Kiwisch*[5] sehr richtig hervorhebt, in der Bauchhöhle Organ an Organ liegt, und eine Ejaculation desswegen factisch unmöglich ist. Letzterer nahm an, dass die grosse Mehrzahl der Eier

---

[1] Journ. de la phys. I. 320.
[2] Handbuch der Anatomie d. Menschen 1864 II. p. 470.
[3] Entwicklungsgeschichte p. 28.
[4] Zeitschr. f. rat. Medicin B. 20, p. 19.
[5] Geburtskunde B. I, p. 96.

mit den ausgelagerten Fimbrien in Berührung kommt und dass sie dann durch die wimpernden Epithelien weiter befördert werden, und *O. Becker*[1]) erweiterte die Möglichkeit der Aufnahme des Eies durch den Nachweis einer constanten Strömung auf der serösen Oberfläche des Bauchfelles, die, durch die wimpernden Zellen erregt, nach dem Ostium abdom. hingeht.

Dass übrigens der Mechanismus der Eiaufnahme von Seiten der Tube kein sehr vollkommener ist, leuchtet ein und es ist von vornherein ungemein wahrscheinlich, dass er nicht in allen Fällen genügt.

Die Zeit der Weiterbeförderung des Eies durch die Tuben beim Menschen ist auch noch unbekannt. Nach *Bischoff* beim Hund in 8—10 Tagen — ist es bis dahin nicht befruchtet, so geht es im Uterus zu Grunde, ohne sich zu entwickeln.[2])

Sprechen sicher constatirte Fälle von Schwängerung am 10., 12., ja 21. Tage nach der Menstruation nicht für die Annahme der erst kurz vor der Begattung erfolgten Lösung der Eier? —

Ist es denn überhaupt erwiesen, dass zum Platzen der Follikel eine besondere Hyperämie nöthig sei? Nehmen wir einfach das Wachsen des Follikelinhalts als einen physiologischen Vorgang an, so muss es in dessen Verlauf auch zur Verdünnung und Ruptur der Höhlenwände kommen. Dafür spricht der Umstand, dass die Zahl der Narben, die an den Ovarien ge-

---

[1]) *Moleschott's* Unters. zur Naturlehre B. 2. p. 71.
[2]) *Schröder*, Lehrbuch der Geburtshülfe.

geschlechtsreifer Frauen gefunden werden, im Verhältniss zu den durchgemachten Menstruationsperioden eine äusserst geringe ist.

B. Umgekehrt können wir aber auch nachweisen, dass die Menstruation unabhängig ist von der Ovulation.

Hierher gehören die pathologischen Zustände der Ovarien, die die Eibereitung und Eiausstossung hindern, ja aufheben, ohne der Menstruation wesentlichen Eintrag zu thun.

Diese Zustände werden geschaffen durch die Perioophoritis chronica, durch die chronische Oophoritis, am häufigsten aber durch Tumoren des Ovariums, die mit einer vollständigen Destruction des normalen Gewebes und mit einer Suspension aller Eier bereitenden Thätigkeit einhergehen und bei denen die Menstruation nicht im Mindesten alterirt ist.

Das Material über die hier einschlägigen Fälle wächst von Jahr zu Jahr mehr an, und einzelne Forscher, wie *Leopold*,[1]) stützen grade auf umfangreiche hierher gehörige klinische Beobachtungen und pathologisch-anatomische Untersuchungen ihre Ansicht, dass die Menstruation mit der Ovulation gar nichts zu thun habe.

Wer sich aber durch diese Facta noch nicht hat überzeugen lassen, wer sich mit dem Gedanken trösten kann, dass hier doch noch einzelne Parthien des er-

---

[1]) Archiv für Gynäcologie 1874. Bd. VI. S. 189.

krankten Ovariums der Eibereitung oblagen, oder
dass die Menstruation in solchen Fällen ein irregeleiteter
Instinct gewesen, die Ovarialnerven durch den pathologischen Wachsthumsreiz gewissermassen künstlich in
Täuschung erhalten worden seien und das Weiter-
bestehen der Menses verursacht hätten; — dem halten
wir die neuerdings so oft vollführte Exstirpation
beider erkrankten Ovarien *(Atlee, Peaslee,
Reeves Jackson, Stohrer, Charles Clay, Spencer Wells)*
entgegen, die keinen Verlust der Menstruation nach sich zogen. ') —

Aber auch hier konnten noch gesunde oder er-
krankte Reste von Ovarialgeweben zurückgeblieben
sein und zu sophistischen Einwänden Anlass geben.

Wie verhält es sich aber mit der Exstirpation
beider gesunden Ovarien, die man unternahm,
um profusen Menstruationen Einhalt zu gebieten und
die in einzelnen Fällen ohne allen Einfluss auf die
Menses blieb?

*Trenholm* ²) führte diese Operation ad hoc aus,
die Menstruation aber blieb, ebenso wie in 8 Fällen
von *Forbyce, Baker* und in mehreren von den 10 Fällen *Battey's*. ³)

*Stegar's* negative Fälle können diesen Positionen
gegenüber nicht schwer in die Wagschale fallen,
*(Beigel)*, namentlich wenn man berücksichtigt, wie

---

¹) *Beigel*, Sterilität 1878.
²) Obstretical Journal of Great-Britain, London 1876 N. 43.
³) Transaction of the American Gynaekological Society
Boston vol. I, p. 77.

durch den schweren Eingriff der Ovariotomie zahlreiche Gefäss- und Nervenverbindungen geschädigt
werden, die zu der Menstruation in näherer oder ent-
fernterer Beziehung stehen können. —

Wenn wir nun dargethan haben, dass die Ovulation unabhängig von der Menstruation vor sich geht,
dass sie zu einer Zeit beginnt, wo noch keine Menstruation vorhanden ist, und in eine Zeit fortdauert,
wo die Menses längst aufgehört haben, so erübrigt
uns noch in Kürze auszuführen, wie die Ovulation
durch die Menstruation beeinflusst wird.

Beim gesunden, geschlechtsreifen Weibe tritt in
vierwöchentlichen Intervallen ein Congestionszustand
auf, der die Ausbildung der Graaf'schen Follikel zu
fördern im Stande ist. Die kleinen vergrössern
sich, die grösseren platzen und entleeren ihren Inhalt.
Der Verlauf der Wundheilung und die Bildung der
Corpora lutea vera oder spuria richtet sich danach,
ob Befruchtung des gelösten Eies erfolgt ist oder nicht.
Eine specifische Wirkung kommt dabei der Menstruation nicht zu. Dieselben Vorgänge können (wenn eine
Congestion überhaupt dabei nothwendig ist) ohne
menstruelle Mitwirkung statthaben, sie können die
Folge sein von Stauungs-Hyperämien (Lungen-, Herz-,
Leberleiden) Fluxionen in Folge von Entzündungen
der Nachbarorgane, drastischen Abführungsmitteln,
Geschwülsten, Schwangerschaft, Onanie u. s. w. *(Beigel)*.

Wir können zum Schlusse unserer Betrachtungen
das Resultat folgendermassen zusammenfassen:

Die klinische Beobachtung und anatomischen Untersuchungen ergeben, dass Menstruation und Ovulation nicht in einem nothwendigen causalen Zusammenhang stehen. Sie laufen einander parallel und höchstens wird die Ovulation durch die Menstruation einigermassen modificirt, während ein Einfluss der Ovulation auf die Menstruation in keiner Weise stattfindet.

ELECTROLYTISCHE BEHANDLUNG

DER

# STENOSEN

DES

# CERVICAL-CANALS

DES

# UTERUS.

Abgesehen von den seltenen Fällen angeborener
Atresia uteri sind die verschiedenen Ursachen, welche
zur Stenose des Cervicalcanals, des äusseren und des
inneren Muttermundes führen, zu erläutern.

Der Bau der Schleimhaut des Cervicalcanals ist
von der des Uterus wesentlich verschieden; sie ist
mächtiger, entbehrt der Uterindrüsen, ist anstatt
derselben mit Ausbuchtungen versehen, (auf deren
Boden sich grosse Papillen erheben.) Die Grenze
zwischen der Schleimhaut der Uterushöhle und des
canalis colli uteri ist eine ganz scharfe. Die Uterinschleimhaut mit ihren schlauchförmigen Drüsen hört
ganz genau dort auf, wo die Schleimhaut des Cervicalcanals mit ihren Leisten (den Rugae) und ihren La-
cunen anfängt. Sie besitzt ein verästeltes Falten-
system, dessen Grundlage zwei Längsbalken bilden,
von welchen aus die Verästelung nach der Seite hin
stattfindet. In den Vertiefungen zwischen diesen Rugae
liegen äusserst zahlreiche, grubenförmige, mit papil-
lären Fortsätzen versehene und mit Cylindern ausge-
kleidete Ausbuchtungen (Lacunae), welche den glas-

hellen Schleim liefern, welcher im Cervicalcanale stets und in reichlicher Menge angetroffen wird. Die Rugae sind nicht einfache Schleimhautfalten, sondern stellen sich als Leisten dár, welche mit einer mehr oder minder breiten Basis der Schleimhaut aufsitzen. Von der Schleimhaut der Höhle des Uteruskörpers unterscheidet sich diese des Cervicalcanales in vielfacher Hinsicht; ausser durch Mangel der schlauchförmigen Schleimdrüsen, durch festeres, derberes Gefüge und ungewöhnliche Dickwandigkeit, tiefere Blutgefässe, auch durch ihre epitheliale Bekleidung und den Besitz von mehr oder minder reichlichen Papillen. Mit Ausnahme des an die Uterinhöhle angrenzenden Pflasterepithels, das überall da, wo es mächtig ist, so besonders im unteren Theile des Canales, Papillen unter sich hat. Sowie die Grenze zwischen den beiden Schleimhäuten markirt ist, so ist es eigenthümlich, dass jede selbstständig erkranken kann, ohne die andere in Mitleidenschaft zu ziehen, und dass dieses Verhältniss eine lange Zeit zu bestehen vermag, während welcher Prozesse der eingreifendsten Art in der Schleimhaut verlaufen. Ebenso können auch verschiedene Lagen der Wandung des Cervicalcanals von einander unabhängig erkranken, z. B. die palmae plicatae können ohne die darunter liegende Parthie erkranken, hypertrophiren und den Cervicalcanal vollkommen ausfüllen.

Stenosen des äusseren Muttermundes sind meistens von conisch verlängerter Form der Vaginalportion begleitet, deren spitzes Ende frei in die Vagina hineinragt und eine sehr kleine punktförmige Oeffnung des Os uteri externum hat.

Die Stenose des inneren Muttermundes ist eine nicht seltene Erscheinung. Jedoch ist ihr Vorkommen von der Stenose des conischen Cervix und derjenigen des Os uteri externum völlig unabhängig. *Graily* [1]), *Hewitt*[2]) halten sie gleich *Sims*[3]), *Savage, Greenlalgh*[4]) und Anderen für die fast ausnahmslose Folge der Flexionen des Uterus.

Dass Stenosen auch in Folge von Traumen, Ulcerationen und darauf folgender Narbenbildung entstehen können, bedarf, da es eine allgemein anerkannte Thatsache ist, kaum der besonderen Erwähnung.

Eine Obliteration des unteren Cervicalabschnittes und äusseren Muttermundes beschreibt *Rokitansky* [5]) unter den erworbenen Missgestaltungen der Gebärmutter.

Ist bei Verengerung oder Atresie des inneren Muttermundes und bei Obduration des Cervix das eigentliche Cavum uteri der Sitz einer Anhäufung von Schleim, Eiter und dergl., so wird der Körper des Uterus zu einer kugeligen Kapsel ausgedehnt, die auf dem oft von oben her verkürzten Cervix wie anf

---

[1]) und [2]) *Graily*, *Hewitt*, the diagnosis and treatment of diseases of women etc. London.

[3]) *Sims'* Lehre von dem Uter. und der Behdl. der Sterilitaet Scanz. Btr. 1870.

[4]) Transaction of obst. society. 1864.

[5]) *Rokitansky*, pathologische Anatomie.

eiuem Stiele sitzt. Findet eine Anhäufung von Schleim oder Eiter bei einer gleichzeitig am Orificium ext. bestehenden Verengerung oder Verschliessung auch im Cervicaleanal statt, so wird dieser meist zu einer länglich runden elliptischen Kapsel erweitert. Es lagern in diesem Falle zwei durch eine Einschnürung gesonderter Räume in Sanduhrform übereinander. — Es ist dies eine Missgestaltung des Uterus, welche *Mayer* Uterus bieameratus (vetularum) genannt hat.

Ferner sind es vesieulare Degenerationen der Cervical-Schleimhaut, welche einen so hohen Grad erreichen können, dass sie Atresie der Stenose des inneren Muttermundes herbeiführen. Das Gleiche kann auch durch Neubildungen, Sehleimhautpolypen und fibröse Polypen veranlasst werden. Erstere gehen aus einer Hyperplasie der Rugae hervor, indem nur einzelne dieser sich dabei betheiligen. Es sind dies alles Fälle, in denen der Arzt sich lange abmühen kann, um die von solchen Zuständen hervorgerufenen Beschwerden, wie z. B. Dysmenorrhoea etc. zu beseitigen, wo die Applieation von Presssehwämmen, Laminaria und anderen Erweiterungsmitteln erfolglos bleiben und er daher zur Operation seine Zufluet nehmen muss.

Die Dysmenorrhoea und Sterilitaet sind die vorherrschenden natürlichen Folgen von Stenosen des Cervicaleanals. *Sims*[1]) stellt es geradezu als Axiom auf, dass keine Dysmenorrhoea im eigenlichen Sinne des Wortes bestehen könne, wo der Canal des Mutter-

---

[1]) a. a. O.

halses noch weit genug ist, um das Menstrualblut ab-
fliessen zu lassen, mit anderen Worten, dass dieser
Zustand nur dann vorkommen könne, wenn irgend
ein mechanisches Hinderniss an einem Punkte zwischen
dem äuseren und inneren Muttermunde oder der ganzen
Länge des Cervicalcanals den freien Abfluss hemmt.

Von diesem Standpunkt ausgehend hat man die
Erweiterung des Cervicalcanals durch Dilatatorien ver-
schiedenster Art in Anwendung gebracht. Da jedoch
dieses Verfahren nur zeitweise Linderung gewährt
und nicht genügend wirkt, so hat die durch *Simpson* [1]),
dann durch *Sims* [2]) eingeführte blutige Operation
des Einschnittes häufige Anwendung gefunden.

*Sims* giebt folgende Beschreibung seiner Operation:

Nach Einführung eines geeigneten Speculums in
die Vagina wird ein kleines Häckchen in die vordere
Lippe des Muttermundes eingehackt und der Uterus
sanft nach vorn gezogen. Darauf wird das eine Blatt
einer gebogenen Scheere in den Cervicalcanal soweit
hineingebracht, dass das äussere Blatt die Insertion der
Vagina zur Seite des Cervix fast berührt: Ein Druck
auf die Scheere trennt nun den zwischen den Blättern
befindlichen Theil, worauf die Trennung der entgegen-
gesetzten Seite in ähnlicher Weise erfolgt. Hiermit
ist die Operation fast beendet. Da die Scheere während des Schnittes etwas zurückweicht, somit nicht

---

[1]) *Simpson*, dilatation and incision of the cervix uteri,
Monthly Journal 1844.

[2]) a. a. O. *Scanzoni*.

alles zwischen ihr befindlich gewesene Gewebe trennt, ist es am zweckmässigsten, den Rest mit einem Messer zu trennen.

Die Ausführung dieser Operation mit den Instrumenten von *Simpson* und *Greenlalgh*, welche beim Einführen in den Cervix geschlossen bleiben und erst beim Zurückziehen schneiden, ist die einfachste und daher die zweckmässigste.

Würde man den durch die Operation erweiterten äusseren Muttermund seinem Schicksal überlassen, dann würde bald eine vollkommene Verwachsung bis auf den ursprünglichen Umfang stattfinden. Um dieses zu verhindern, legt man gleich nach der Operation eiren Glasstift von der Form eines intrauterinen Pessarstiftes ein, welcher die Blutung stillt und zur Verhütung der Verwachsung vollkommen ausreicht.

Die Tendenz aller vernarbenden Wunden, sich während des Heilungsprozesses zu contrahiren, ist in dieser Operation merkwürdig illustrirt. Der Muttermund wird häufig im Verlauf von einigen Monaten nach der Incision meistentheils bis zu einem Drittel der Grösse des Einschnittes reducirt, und die Operation muss demzufolge wiederholt werden.

Die Erfolglosigkeit dieser Operation liegt also in der Vernarbung der Wunden und Contraction der durchschnittenen Theile. Es fragt sich nun, ob es Operationsmethoden giebt, den Cervicalcanal zu erweitern ohne Narbenbildung zu hinterlassen, oder, wo solche erfolgt, dieselbe sich nicht zusammenziehe? — Es ist vollständig bewiesen, dass Wunden, welche mit aciden

Aetzmitteln behandelt werden, harte, zu ammenziehende Narben bilden, dagegen diejenigen, welche mit Alcalien cauterisirt sind, keine, oder nur weiche, flache Narben hinterlassen. [1]

Man hat nun gefunden, dass die Anode einer galvano-chemisch caustischen Behandlung oder Electrolyse (*Althaus*) bei Neubildungen, Exulcerationen oder Granulationen angewendet, dieselbe Wirkung hat, als wie die Cauterisation mit aciden Aetzmitteln oder auch die active Thermocauterie, während die Wirkung der Kathode derjenigen der alcalischen Aetzmittel gleich ist und weiche, flache Narben hinterlässt.

Diese Erfahrungen wurden durch *Ciniselli* [2] vollständig bestätigt und durch *Tripier* [3], *Althaus* [4] und Anderen auf chiurgischer Basis in Anwendung gebracht. Wenn man einen Tumor mit der Electrolyse behandelt, so wird man finden, dass die Nadel der Anode, welche in den Tumor eingeführt ist, eine zusammenziehende, harte Wunde macht, welche die Nadel festhält, während die Nadel der Kathode eine weite Stichwunde verursacht, aus welcher sie mit Leichtigkeit herausfallen kann. *(Tripier.)*

---

[1] L'étude des cicatrices V. Campos Bautista. Paris 1870.

[2] Dell' azione chimica dell' elettrico sopra i tessuti organici viventie Cremona 1852.

Lettre adressée à la Société de chirurgie de Paris (septembre 1860).

[3] *A. Tripier*. La Galvanocaustique chimique (Archives générales de médicine. Janvier 1866).

[4] *Althaus*. Treatise an medical electricity London.

Der galvanische Strom wirkt auf drei verschiedenen Wegen zur Erweiterung von Canälen. Durch mechanische Trennung, durch den sich abscheidenden Wasserstoff, durch Entwicklung freier Alkalien (Kali, Natron und Kalk), die caustisch auf das Gewebe wirken, endlich noch durch seine Einwirkung auf die vasomotorischen Nerven, welche in seinem Bereiche sich finden, Dadurch wird die Ernährung modificirt, auch eine Absorbtion hervorgebracht.

Wir besitzen also in der Anwendung der Electrolyse oder Galvanocauterisation ein sicheres chirurgisches Mittel, Canäle zu erweitern, ohne irgend eine Narbe zu hinterlassen, oder, wenn es zur Bildung einer solchen kömmt, dann dieselbe nur eine weiche, flache Cicatrix darstellt.

Die Application ist sicher, hat keinen nachtheiligen Einfluss auf die benachbarten Theile und wirkt nur auf den Ort der direkten Application.

*Tripier* und *Mallez* [1]) wenden diese Methode in Stricturen der Urethra an und geben viele Berichte von erfolgreichen Fällen.

Nachdem ich die Operation des Einschnittes häufig ausgeführt hatte, ohne günstige Erfolge erzielt zu haben, da in der Regel Recidive eintraten, meine Erfahrungen aber, welche mit der Electrolyse gemacht wurden, günstigere Erfolge in Aussicht stellten, brachte

---

[1]) Rétrécissements de l'Urèthre par la Galvanocaustique chimique. Paris 1870.

ich diese Behandlung bei Stenosen des Cervicalcanals sofort in Anwendung.

Die Erfolge dieses Verfahrens waren überraschend günstig — und bei meiner häufigen Anwendung der galvano-caustischen Behandlung bei Exulcerationen und Neubildungen verschiedener Art hatte ich die Erfahrung gewonnen, dass vermittelst Anwendung einer Electrode, welche aus Zinn bestand, für den negativen Pol eine viel schnellere Zersetzung der Gewebe erfolgt, und dass die Ausscheidung von Hydrogen viel grösser war, als bei der Anwendung von Electroden aus Gold, Silber oder Kupfer. Demzufolge benützte ich eine Sonde aus Zinn mit einem zugespitzten, olivenförmigen Ende von 4—6 mm. im Durchschnitt zur Kathode in meiner Behandlung der Stenosen.

Mein Verfahren wird, wie folgt, ausgeführt: Nachdem man sich mit grosser Sorgfalt durch die Sondenexploration von dem Character der Stenose oder auch der Obliteration des Cervicalcanals überzeugt hat, wird ein Glas- oder Porzellan-Speculum in' die Vagina eingeführt, und nun dringt man mit der Kathode (negativen Electrode), welche bis zum olivenartigen Knopf isolirt ist, sorgfältig in den Muttermund ein, während die Anode (eine Electrode von Kohle), mit befeuchtetem Agrariusschwamm überzogen, an der Innenseite des Oberschenkels oder über dem Abdomen angelegt ist. Die Batterie, welche ich zu dieser Operation verwendete, bestand aus 12—20 Leclanché-Elementen. Sobald die Batterie geschlossen ist und man von der Activität der Cauterisation durch die schnelle Absonderung von Gasbläschen (Hydrogen) sich überzeugt hat, wird man nun finden, dass man mit Leichtigkeit vordringen kann. Man muss nicht vernachlässigen, während der Operation die positive Electrode zu befeuchten. Die Dauer der Operation variirt von 15—20 Minnten.

Es bildet sich dann ein Schorf auf der wunden Schleimhaut oder eine Membran, welche in einigen Tagen ausgestossen wird, jedoch keine Cicatrix, und der Canal bleibt frei.' Es ist indess rathsam, die Vorsicht in der Nachbehandlung zu beobachten, ein Glasstäbchen einzulegen, damit sich die Wände nicht berühren. Nach 5 oder 6 Tagen kann das Stäbchen wieder fortgenommen werden.

Welche Vorzüge gewährt nun die Behandlung der Electrolyse gegenüber der Operation des Einschnittes? Die Erweiterung der Stenose durch den Einschnitt ist nur eine laterale, während das durch die Electrolyse hergestellte Lumen ein circulares, durch den ganzen Canal gleichmässig durchgehendes ist.

Nehmen wir an, die Stenose sei verursacht durch eine Hypertrophie der Rugae, so würde in diesem Falle der Einschnitt wenig helfen, und die durch denselben veranlasste Cicatrisation würde so bedeutend sein, dass sehr bald eine Wiederholung der Operation stattfinden müsste.

Eine katarrhalische Wulstung der Cervicalschleimhaut oder eine Verengerung des Cervicalcanals, welche durch eine die Höhle beengende, meistens durch Bindegewebswucherung bedingte Verdickung und Induration der Wände des Cervix veranlasst wurde, kann durch den Einschnitt nicht dauernd beseitigt werden. In diesen Fällen ist jedoch die Electrolyse anwendbar, da sie nicht nur zerstörend, sondern auch absorbirend auf die Gewebe einwirkt und keine, oder nur eine weiche und flache Cicatrix hinterlässt.

Bei Polypen z. B., welche den Canal ausfüllen, ist diese Behandlung jedenfalls vozuziehen, da die Blutung, welche beim Einschnitt vorkommen kann, gänzlich verhindert wird.

Vorzüglich indicirt ist die Anwendung der Electrolyse bei Stenosen, welche durch Flexionen des Uterus bedingt sind.

Es unterliegt keinem Zweifel, dass die galvano-chemisch-caustische Behandlung berechtigt ist, in kurzer Zeit einen höheren Standpunkt in der chirurgischen Therapie, als derjenige ist, welcher ihr bisher zu Theil wurde, einzunehmen.

Ueber die Anwendung einer Kathode von Zinn, wie ich sie benützt habe, finde ich bis jetzt keine Notiz in der Literatur.

Zur Illustration führe ich zum Schlusse folgende Fälle an:

Mrs. Ch. in Sidney, 32 Jahre alt, Mutter von 3 Kindern, hatte stets sehr schwere Entbindungen. Zur Zeit, als sie meinen Rath in Anspruch nahm — es war dies im Jahre 1875 — waren sechs Jahre seit der Geburt ihres letzten Kindes verflossen, während welcher sie fortwährend an Leucorrhoea und Exulceration des Cervix litt, bei welcher caustische

Mittel angewandt wurden. — Zur Zeit, da sie unter meine Behandlung kam, fand ich den Muttermund mit einer harten, unregelmässigen Cicatrix umgeben, welche sich wie ein Wulst um den wie eingeritzten Muttermund lagerte. Die Vaginalportion war etwas verlängert, und ich fand Retroversion des Uterus. Die Menstruation erschien stets mit grossen Schmerzen, und die verschiedenen Behandlungsweisen, welchen sie sich von Zeit zu Zeit unterzog, hatten ihren Zustand verschlimmert. Bei der Untersuchung mit der Sonde fand ich den Cervical-canal verengt; manchmal gelang es mir, die Sonde einzuführen, häufig jedoch stiess ich auf Hindernisse — die Einführung von Laminaria war ohne Erfolg — ich stellte meine Diagnose zur Zeit auf Induration und Hypertrophie der Rugae. Ich machte die Opera-tion des Einschnittes mit *Simpsons* Metrotome, war je-doch genöthigt, die Operation in kurzer Zeit zu wie-derholen, da sich der alte Zustand durch Cicatrisation wieder herstellte. Nach einiger Zeit brach die Exul-ceration wieder aus, und die Cicatrix erschien mir beinahe das Ansehen eines Carcinoms zu haben. Ich behandelte jetzt die Patientin mit der Electrolyse, und, da der Cervicalcanal auch wieder im alten Zustande war, machte ich die erste Operation wie oben ange-geben und mit einem sehr zufriedenstellenden Erfolge. Nicht nur blieb der Canal erweitert, sondern der harte Wulst am Muttermund verschwand mit der Zeit. Das günstige Resultat dieses Falles ermuthigte mich, diese Operation häufiger anzuwenden.

Mrs. B. in Sidney, 28 Jahre alt, seit 5 Jahren ver-heirathet, leidet fortwährend an Dysmenorrhoea und krampfhaften Schmerzen während der Menstruation, prolapsus uteri und Verlängerung der Vaginalportion des Uterus. Das Osexternum ist so eng, dass das Eindringen mit der dünnsten Sonde ganz unmöglich war. Die Operation der Electrolyse wurde mit Erfolg angewendet. Die Erweiterung des Muttermundes wurde erzielt und in Folge dessen die bestehende Sterilität gehoben.

Mrs. F. in Sidney, im Alter von 37 Jahren, Mutter von 6 Kindern, litt fortwährend an Exulceration des Muttermundes und wurde mit argentum nitricum behandelt. Die Folge davon war, dass eine Atresia des Cervicalcanals entstand, von welchem Zustande sie jedoch keine Ahnung hatte, bis durch das lange Zeit bestehende Ausbleiben der Menstruation ihr Gesundheitszustand bedeutend litt. Als sie meinen Rath suchte, entdeckte ich die Ursache und schritt sofort zur Operation in der Herstellung des Canals. Nach einigen Monaten jedoch war der alte Zustand einer Stenose wieder eingetreten, die Narbe hatte sich so zusammengezogen, dass es unmöglich war, die Sonde einzuführen. Ich schritt daher auch hier zu der Operation mit der Electrolyse. Indess konnte ich sie nicht in einer Sitzung ausführen, sondern musste dieselbe dreimal machen, jedoch mit dem glänzendsten Erfolge, so dass 6 Monate nach der Operation der Gesundheitszustand dieser Frau so hergestellt war, dass die seit Jahren ausgebliebene Menstruation sich wieder einstellte.